Benjamin Keller

Willkommen im Dschungel

Aus dem Leben eines Vertretungslehrers

Benjamin Keller

Willkommen im Dschungel

Aus dem Leben eines Vertretungslehrers

Bibliografische Information der Deutschen Nationalbibliothek:
Die Deutsche Nationalbibliothek verzeichnet diese
Publikation in der Deutschen Nationalbibliografie;
detaillierte bibliografische Daten sind im Internet
über http://dnb.dnb.de abrufbar.

Cover Design: René Busch
ReBu Design & Illustration (rene-busch.myportfolio.com)

Herstellung und Verlag: BoD – Books on Demand, Nor-
derstedt

ISBN: 978-3-758-3001-72

Danke an ReBu Design & Illustration für das großartige Cover!

Inhalt

VORWORT

"Den Tod als Gewissheit. Geringe Aussicht auf Erfolg. Worauf warten wir noch?"

Dieser nur geringfügig zynische Ausspruch des Zwergenkriegers Gimli, stammt aus der weltberühmten "Herr der Ringe"-Trilogie und markiert den Aufbruch der Protagonisten in eine letzte, alles entscheidende Schlacht gegen das Böse. Er könnte jedoch ebenso gut von der ein oder anderen frustrierten Lehrkraft stammen, kurz nachdem die Schulglocke das Ende der großen Pause verkündet.

Sie halten das für übertrieben? Ha! Haha! Da fällt mir ja beinahe das kleine Fläschchen Puschkin Wodka in meinen vierten Kaffee. Und nein, vier Tassen sind nicht zu viel für halb zehn morgens. Immerhin habe ich schon eineinhalb Stunden *Unterricht* hinter mir. Und das nicht an einem feinen Gymnasium, an dem die Kinder Torben, Lisa und Leonard heißen, immer brav "Ja und Amen" sagen und in Tränen ausbrechen, sobald man ihnen mit einem Eintrag ins Klassenbuch droht.

Ich arbeite an einer kooperativen Gesamtschule mit Haupt- und Realschulzweig mitten in einer hessischen Großstadt. Den richtigen Namen der Schule möchte ich aus Ihnen bald ersichtlichen Gründen nicht verraten. Nennen wir sie der Einfachheit halber doch am besten "Mario-Götze-Gesamtschule". Kurz MGGS.

An der MGGS steht selbstreguliertes Lernen an der Tagesordnung. Für alle *Nicht-Lehrkräfte* unter den Lesern – das bedeutet für gewöhnlich, dass die Kinder selbst entscheiden, was, wann, wie und mit wem sie lernen. An der MGGS läuft das einst stolze Konzept der Reformpädagogen jedoch lediglich darauf hinaus, dass die Schüler selbst entscheiden, wann und *ob* ihre Lehrer ihnen gerade etwas beibringen dürfen. Auch Regeln und Vorschriften werden in erster Linie eher als unverbindliche Vorschläge verstanden, die je nach Gusto befolgt werden können. Oder eben nicht. Ein junger Referendar, der vorher an einer offiziell als Brennpunktschule eingeordneten Bildungseinrichtung gearbeitet hatte, sagte mir einmal kurz nach seiner Ankunft an der MGGS, für ihn sei "die Respektlosigkeit der Schüler gegenüber den Lehrerinnen und Lehrern" noch etwas "gewöhnungsbedürftig".

Zum Glück bin ich kein Lehrer, sondern nur *Vertretungslehrer* und stecke noch mitten im

Lehramtsstudium. Oder macht es das nur noch schlimmer? Immerhin sind vollwertige Lehrkräfte ja für so etwas ausgebildet. Können Elterngespräche führen, Klassenkonferenzen einberufen und miese Noten verteilen. Ihnen bleiben zumindest ein paar Druckmittel. Vertretungslehrer hingegen sind der Schülerschaft schutzlos ausgeliefert.

In den folgenden Kurzgeschichten möchte ich Ihnen einen kurzen Einblick in mein Leben als Vertretungslehrer gewähren. Sie mitnehmen auf eine Reise voller Kopfschütteln, Heiserkeit, Selbstzweifel und wahnwitziger Situationen, die mich nicht nur einmal an den Rand der Verzweiflung gebracht haben.

Die Namen der vielen Menschen, die ich auf meiner Reise kennenlernen durfte, sind selbstverständlich angepasst worden. Und auch das ein oder andere Detail mag letztlich nicht völlig den realen Ereignissen entsprechen. Doch Sie können mir glauben oder nicht, diese Geschichten enthalten mehr Wahrheit, als Sie sich vorstellen können.

EIN GUTER START

"Wir haben Pause! Wenn es ein Problem gibt, dann sprich gefälligst später deinen Klassenlehrer an, verstanden?!"

Mit diesem erheiternden Abschiedsgruß schlägt die großgewachsene Frau einem völlig eingeschüchterten Jungen die Lehrerzimmertür derart vor der Nase zu, dass selbst ich zusammenzucke. Peinlich berührt sehen der Junge und ich uns kurz an, bevor er seines Weges geht und ich mir mit meinem gerade überreichten Schlüssel Zutritt zum Lehrerzimmer verschaffe. Es riecht nach Kaffee und altem Teppich.

„Moin, ich bin der Harald", stürzt jemand auf mich zu und streckt mir die Hand hin.

Harald ist sicherlich bereits Ende dreißig. Und damit abgesehen von zwei verängstigt dreinblickenden Referendaren wohl das *Küken* im Kollegium. Er trägt Dreitagebart, einen Kapuzenpulli und eine Trillerpfeife um den Hals. Dafür scheint er freundlich zu sein.

"Du musst der Neue sein. Freuen uns immer über Unterstützung. Komm, ich führ' dich bisschen rum."

Voller Tatendrang stapft Harald davon. Er stellt mich einer Handvoll mittelmäßig begeisterter Halbtagspädagogen vor, deren Namen ich mir nicht merken kann. Die große Frau, die eben noch beinahe den Jungen mit der Tür erschlagen hatte, lässt er dabei im Übrigen großzügig aus. Anscheinend weiß man im Kollegium, wen man in der großen Pause besser nicht stört.

"Ich weiß noch *meine* erste Vertretungsstunde. War aber nich' hier. Hatte so 'nen seltsamen Kerl in der ersten Reihe hocken, der die ganze Zeit mit seinem Bleistift auf 'nem leeren Blatt rumgekritzelt hat. Fand ich komisch. Hab' lieber nix gesagt. Am Ende der Stunde hat er - "

Die Lehrerzimmertür geht auf. Eine junge Frau kommt herein. Sie ist nass und völlig aufgelöst.

"Laura, was ist denn mit dir passiert?", eilt eine etwas rundliche Lehrerin herbei.

"Sie sind einfach so g-gemein", presst sie heraus und lässt den Stapel bunter Unterrichtsmaterialien fallen, bevor die nächsten Schluchzer folgen. "Ich- ich verstehe einfach nicht, wie man so sein kann. Was glauben die eigentlich?"

"Schätzchen, jetzt beruhige dich doch erst mal", redet die dickliche Frau gebetsmühlenartig auf sie ein, während sie ihr sanft den Rücken tätschelt. "Wir besorgen dir erst mal etwas

Trockenes zum Anziehen."

"Wo war ich?", wendet sich Harald wieder mir zu und scheint mir die aufsteigende Panik anzusehen. "Oh das? Ja, manchmal geht es hier etwas rauer zu. Aber da gewöhnt man sich dran. Die Schüler sind eigentlich ganz lieb. Du darfst ihnen bloß nicht zeigen, dass du Angst hast, dann lassen sie dich meistens in Ruhe."

Genüsslich beißt Harald in seinen Apfel, den er mitsamt Kernhaus verputzt. Ich denke derweil darüber nach, ob es bereits zu spät ist, nicht doch einfach irgendwo für 10 € die Stunde Regale einzuräumen.

"Harald, ähm, was hat der Junge mit dem Bleistift am Ende der Stunde gemacht?", frage ich unsicher, ob ich die Antwort wirklich hören will.

"Oh der?", schmatzt Harald. "Hat ihn seinem Sitznachbar volles Karacho in die Schulter gerammt. Ist stecken geblieben." Darüber muss Harald kichern.

Es klingelt. Die Pause ist vorbei.

"Willkommen im Dschungel!", schmunzelt er. Dann steht er auf und lässt mich allein.

OHNE JEDE CHANCE

"Wie alt sind Sie? Zwölf?" Die übermäßig geschminkte Siebtklässlerin mustert mich mit einem abschätzigen Blick.

"Zwölf einhalb", antworte ich ohne eine Miene zu verziehen und lege das Klassenbuch aufs Lehrerpult. "Wo ist der Rest?"

Neben dem gelangweilt Kaugummi kauenden Mädchen, das mich eben so freundlich begrüßt hat, zähle ich sieben weitere Frühpubertierende, die meine Anwesenheit nicht im Geringsten dabei zu stören scheint, durch die Gegend zu rennen, sich gegenseitig mit Dingen zu bewerfen und wie eine wild gewordene Gruppe Schimpansen herumzubrüllen.

"Also zwei sind krank", erklärt ein anderes Mädchen aus der ersten Reihe.

"Und Kerim wurde nach Hause geschickt, wegen Schlägerei", ergänzt ein Junge aus dem hinteren Teil der Klasse, während er einem seiner Mitschüler ein 50 Cent Stück gegen die Knöchel schnippst.

Ich schaue auf die Uhr. Dann ins Klassenbuch.

Zumindest ein Drittel ist da. Dieser Wissensdurst. Einfach unbeschreiblich.

"Also gut, dann fangen wir jetzt trotzdem an", verkünde ich. "Wenn die anderen zu spät kommen, ist das ihr Problem."

Genervt begeben sich die acht Gestalten auf ihre Plätze. Oder zumindest auf irgendwelche.

"Ey, der sitzt da gar nicht!", beschwert sich das Mädchen aus der ersten Reihe.

"Boah, sei doch mal leise, alter!"

"Hey!", versuche ich zu schlichten, um endlich mit meinem Unterricht beginnen zu können. "Bleib von mir aus da. Ist nicht so wichtig, wer wo sitzt. Also - "

"Kann ich dann neben Aylin?"

"Nein."

"Aber warum darf dann Nico neben - "

"Nein, habe ich gesagt."

Endlich Ruhe. Ich beginne die Namensliste durchzugehen.

"Mehmet Topal?"

Der Junge neben Nico meldet sich. Er hat einen unübersehbaren Flaum über der Oberlippe und trägt ein viel zu großes Monster-Energy T-Shirt. Er grinst.

"Ey, der heißt gar nicht so!", ertönt es erneut aus der ersten Reihe, worauf eine Welle der Empörung durch die Klasse geht.

"Vallah, sei doch ein Mal leise!"

"Ey, immer musst du so eine *Spielverdreherin* sein."

Ich atme hörbar aus und blicke auf der Suche nach Beistand an die Zimmerdecke. In dem Moment betreten drei weitere Schülerinnen den Raum.

"Sorry, wir waren noch kurz auf Toilette", entschuldigt sich eines der Mädchen, während ihre Freundinnen unauffällig mehrere kleine Aldi-Bäckereitüten und eine große Flasche Eistee Pfirsich an mir vorbeischmuggeln.

Bevor ich etwas sagen kann, tritt eine der Schmugglerinnen bereits das nächste Drama los.

"Was machst du auf meinem Platz, du *Lelek*?", pampt sie einen ihrer Klassenkammeraden an. "*Yallah*, zieh mal ab jetzt."

Im Hintergrund beginnt einer der am Fenster sitzenden Jungen mit seiner Bastelschere ein Stück Vorhang abzuschneiden.

Für den Moment geschlagen, stehe ich still da und überlege, ob ich nicht einfach den Feueralarm auslösen und es einem der Schüler anhängen sollte. Zumindest wäre es dann vorbei.

ALPER

Es kommt selten vor, dass man bei einzelnen Schülern ein besonderes Potenzial erkennt. Noch seltener trifft man dabei auf Kinder, deren Talent derart grenzenlos scheint, dass sie eines Tages wohl nicht mehr aus der Weltspitze ihrer Domäne wegzudenken sein werden.

Sind nicht genau das die Kinder, die man unterrichten möchte? Sie bei der Entdeckung ihrer herausragenden Fähigkeiten unterstützen möchte? Und irgendwann, wenn in den Nachrichten über ihre Erfolge berichtet wird, springt man dann auf und ruft stolz: "Potz Blitz, den Jungen habe *ich* mal unterrichtet!"

Nein, das wäre nun wirklich nicht meine Reaktion, wenn der kleine Alper eines Tages mitsamt Fahndungsfoto im ZDF heute-journal auftaucht. Viel eher wäre ich geneigt, in den Ritzen meines Ledersofas zu verschwinden und nie wieder hervorzukriechen. Oder zumindest so zu tun, als hätte ich nicht bereits vor Jahren die Chance verpasst, die Justiz vor dem kriminellen Genie dieses kleinen, durchtriebenen Fünftklässlers zu warnen.

Denn Alper ist in der Tat ein Generationentalent. Ein Wunderkind, möchte ich sagen. Mit welcher Kaltschnäuzigkeit er lügt, betrügt und andere manipuliert. Die Ruhe, mit der er auf dem Pausenhof die Fäden zieht. Sich Kinder, die ihm nützlich erscheinen, zum Freund macht und jene, die er nicht leiden kann, mit spielender Leichtigkeit denunziert und sozial vollständig isoliert. Und wenn ihm doch einmal die Erwachsenen einen Strich durch die Rechnung machen wollen, setzt er einfach ein zuckersüßes Lächeln auf und aller Ärger ist vergessen. Ein Tyrann. Ein *Teufel*. Ein Junge, der mit seinen gerade einmal elf Jahren bereits einen hervorragenden Bond-Bösewicht hätte abgeben können.

Ich lerne sehr schnell, wie man am besten mit Alper umgeht. Nämlich gar nicht. Zwei kurze Verwarnungen und geht es schnurstracks ab vor die Tür. Je schneller, desto besser.

"Hinsetzen. Erste Ermahnung", weise ich Alper nach gefühlt zehn Sekunden zurecht.

"Oha, Herr Keller, kommen Sie - "

"Zweite Ermahnung", würge ich seinen Versuch ab, mich mit seinen großen runden Augen zu hypnotisieren.

Beleidigt setzt sich Alper auf seinen Platz. Es dauert nicht lange, bis eine Papierkugel meinen Kopf nur knapp verfehlt.

"Wer war das?", drehe ich mich um. Konzentriertes Bleistiftkritzeln.

"Wie bitte? Was ist denn passiert?" Alper sieht mich an und lächelt unschuldig.

Ein paar Schüler kichern. Wie gerne ich ihn auf der Stelle rausgeworfen hätte. Doch auch ich weiß, dass die Kugel eindeutig von der anderen Seite der Klasse kam. Was jedoch nicht heißt, dass Alper frei von Schuld ist. Er lässt gerne andere die Drecksarbeit für sich erledigen. Wie man das als künftiger Kartellboss eben so macht. Doch selbst der erfahrenste Mafioso ist nur unantastbar, solange niemand redet.

"Alper hat Bryan gezwungen zu werfen!", schallt es durch die Klasse.

"Lola, du Piç!", platzt es aus Alper heraus, bevor er sich wieder fängt. "Äh, Herr Keller, ich meine diese hübsche Prinzessin von Super Mario."

Dass der Name ins Türkische übersetzt *Bastard* heißt, ist natürlich reiner Zufall.

"Raus", sage ich zufrieden und schaue dem jähzornig fluchenden Zwerg auf seinem Weg nach draußen hinterher.

Gibt es eigentlich so etwas wie ein *Lehrerschutzprogramm* mitsamt Umsiedlung und neuer Identität? Ich frage für einen Freund.

DAS TROJANISCHE PFERD

"Ein Arbeitsauftrag?!", rufe ich so verzückt wie verwundert. "Sogar kopiert und abgeheftet."

"Näh!" Meine Vertretungskollegin Pia reißt mir den Stoß druckfrischen DIN-A4 Papiers aus der Hand. "Gibts ja nicht."

"Auf Frau Fuhrmann ist eben Verlass", grinse ich und mache mich auf zum Unterricht.

"Irgendeinen Haken wird es schon geben!", ruft mir Pia noch hinterher, doch ich lege ihre Prophezeiung als puren Neid zu den Akten. Tja. Wer nicht hören will, muss bekanntlich fühlen.

So dauert es keine fünf Minuten, bis die ersten Schüler der R5a kichernd von dem Text aufschauen, den ich ihnen gerade und ohne noch einmal drüber zu schauen ausgeteilt habe.

"Äh, Herr Keller?", meldet sich Furkan. "Ich habe eine Frage zu einem Wort. Was genau ist ein *Negerkönig*?"

Einen Kurzstreckensprint später, bei dem ich mir fast eine Oberschenkelzerrung zuziehe, stehe ich neben Furkan und überfliege den unsauberen schwarz-weiß Druck in der verzweifelten Hoffnung, dass sich der Junge mit dem Monobrauen-Ansatz einfach nur verlesen hat. Doch da war er – der Haken. Verfluchte Frau Fuhrmann. Warum sollte man auch die neueste Auflage von "Pippi Langstrumpf in Taka-Tuka-Land" nehmen, wenn man ohnehin noch das Original von 1948 zu Hause herumliegen hatte? Eine Hälfte der Klasse prustet und kichert. Die andere Hälfte schaut mich erwartungsvoll an, während ich bereits die Schlagzeile der morgigen BILD-Zeitung vor mir sehe. "*Rassistenlehrer* verbreitet ausländerfeindliche Texte in 5. Klasse". Ich schwitze.

"Also, äh, bei diesem Begriff handelt es sich, äh, um eine Zusammensetzung aus dem Wort König und, äh - "

"*Neger?*", werde ich freundlicherweise von Rayan aus der zweiten Reihe unterstützt, der tatsächlich so aussieht, als hätte er keine Ahnung, was der Begriff bedeutet.

"Nein!", versuche ich das Gelächter der restlichen Kinder zu übertönen. "Also, ja. Aber dieser Begriff ist sehr abwertend und beleidigend und sollte deshalb nicht verwendet werden."

"Zum Beispiel für Florence und Abed?", fragt Mila und zeigt auf die zwei ihrer Mitschüler, welche Astrid Lindgren wohl am ehesten ins *Taka-Tuka-Land* gesteckt hätte.

"Nein! Also, äh, ja. Er richtet sich gegen Menschen, die, äh, zur gleichen ethnischen Gruppe wie Florence und Abed gehören."

"Heißt das Sie wollen Florence und Abed beleidigen, Herr Keller?"

"Ja. Also, äh, *nein*! Ich will niemanden beleidigen!" Außer Frau Fuhrmann vielleicht.

"Aber warum schreiben Sie denn dann so einen Text?", fragt Fatima empört, während der Unmut der sich lautstark mit Florence und Abed solidarisierenden Kinder weiter wächst.

"*Was?!* Das war ich nicht!", versuche ich mich elegant wie ein ins Schlingern geratener 60-Tonner auf nasser Fahrbahn aus dem sich zuspitzenden Schlamassel zu retten.

"Finden Sie das gut, ein Rassist zu sein?"

"Sind Sie ein Nazi, Herr Keller?"

"Kennen Sie diesen Hitler persönlich?"

Ohne Möglichkeit auf eine der scharfsinnigen Nachfragen einzugehen, sehe ich hilflos dabei zu, wie sich meine Vertretungsstunde langsam, aber sicher in einen Black-Lives-Matter-Protestzug verwandelt.

"Verfluchte Frau Fuhrmann", denke ich und schwöre mir, in Zukunft jeden noch so verlockenden Stapel Arbeitsaufträge auf direktem Weg dem Altpapiercontainer zu übereignen.

PÄDAGOGIK 2.0

Dritte Stunde. Stillarbeitsphase in der R8c. Wobei von *still* im Grunde keine Rede sein kann. Der Lautstärkepegel ist wie gewohnt ohrenbetäubend. Dafür arbeiten die Schüler aber wenigstens. Mehr oder weniger.

"Sind zehn Minuten schon rum?", ruft mir Mohammed durch den Lärm zu.

"Nein, es sind noch acht Minuten übrig."

Mohammed gefällt das nicht. Theatralisch sackt er auf seinem Platz zusammen. Ich gehe zu ihm hinüber und schaue in sein Heft. Kein einziger Buchstabe, nicht mal ein Satzzeichen hat sich bislang auf sein Blatt verirrt. Oder doch? Nein, das ist bloß die abstrakte Skizze eines männlichen Geschlechtsteils. Ich seufze.

"Mohammed, du weißt schon, dass wir nur rausgehen, wenn *alle* etwas arbeiten, oder?"

Diese Botschaft sorgt nicht nur bei Mohammed für Unmut.

"Junge Momo, mach mal jetzt", fordert Maria.

"Ja, sonst dürfen wir nie raus!", meint Tarik.

Die Idee, meinen Vertretungsklassen den

Schulhof als Belohnung für *gute Arbeit* in Aussicht zu stellen, sorgt zwar nicht zwangsläufig dafür, dass die Schüler ruhig arbeiten, aber immerhin bin ich dadurch nicht mehr die einzige Person im Klassenraum, die sich über einzelne Drückeberger aufregt. Außerdem ist es deutlich nervenschonender, der Meute dabei zuzuschauen, wie sie auf dem Pausenhof einem zerfetzten Lederball hinterherjagt, als verzweifelt zu versuchen, dieser etwas beizubringen.

Ich schaue auf die Uhr. Noch drei Minuten, bis es raus auf den rettenden Pausenhof geht. Mit einem Mal öffnet sich die Tür zum Nebenraum. Auftritt Frau Franzke.

"Ich glaube, es hackt!", brüllt die untersetzte Lehrerin in guter alter Feldwebel-Manier.

Die Klasse ist schlagartig so still, dass man sogar den Papierkügelchen-Vorrat fallen hört, den Mohammed hektisch von seinem Tisch entfernt. Selbst ich kann nur mit Mühe dem plötzlichen Drang zu salutieren widerstehen.

"Was glaubt ihr eigentlich, wo ihr hier seid?!", setzt sie ihren Wutanfall fort. "Wir schreiben im Nebenraum eine *Klassenarbeit*, meint ihr ernsthaft bei diesem Krach kann sich da *irgendwer* konzentrieren?"

"Ja, ähm", stottere ich peinlich berührt. "Wir wollten sowieso gleich raus gehen."

"Raus gehen? Sie wissen schon, dass es eine verpflichtende Lernzeit von mindestens zwanzig Minuten gibt, oder?"

Sofort bereue ich, den Mund aufgemacht zu haben. Die Schüler hingegen sind durchaus angetan von der unerwarteten Wendung. Immerhin sind sie nun nicht mehr allein das Ziel von Frau Franzkes tödlichen Blicken.

"Nein, so geht das nicht", nimmt mir Frau Franzke endgültig das Zepter aus der Hand. "Welches Fach? Mathe? Alle schlagen *sofort* Seite 118 im Buch auf und erledigen Aufgabe eins bis vier. Wer fertig ist, macht auf der nächsten Seite weiter. Und eins sage ich euch, wenn ich noch einmal rüberkommen muss, dann bleibe ich nicht so umgänglich."

Ohne zu murren beginnen die Schüler, ihre Bücher auszupacken und zu arbeiten. Ungläubig sehe ich ihnen dabei zu.

"Wissen Sie, ich gebe Ihnen mal einen Tipp", wendet sich Frau Franzke nun mir zu und verwandelt sich augenblicklich in eine freundlich lächelnde, weise Mentorin. "Nettigkeit und Kompromisse gehören in die Grundschule. Hier zieht nur eins – *Angst*."

Als sie geht, habe ich genügend Zeit, über ihre Worte nachzudenken. Denn selbst Mohammed arbeitet jetzt. Ruhig und konzentriert.

DAS O STEHT FÜR ORGANISATION

Donnerstag. Fünf vor acht. Endlich ein ruhiger, Uni freier Morgen. Zeit auszuschlafen und den dauergeschädigten inneren Akku aufzuladen. Da ertönt es bereits. Das viel zu aggressive Vibrieren meines Smartphones. *Scheiße.* Schon wieder vergessen, den Wecker auszuschalten. Blind taste ich nach der eskalierenden Weckvorrichtung, die mich aus dem Land der Träume gerissen hat und schalte sie ab.

Brrrrrrrrrrrrr. Brrrrrrrrrrrrr. Sekunden später erschüttert das nächste Mini-Erdbeben meinen Nachttisch. Entnervt öffne ich die Augen und wünsche mir sofort, ich hätte es nicht getan. Es ist nicht der Wecker. Stattdessen flimmert die vertraute Telefonnummer des Schulsekretariats über mein Display.

"Neeeein!", rufe ich laut und mit genügend Selbstmitleid für einen gesamten Häuserblock in der Stimme. "Warum *ich*?"

Wie zur Hölle konnte ich es für eine gute Idee halten, der Schulleitung inmitten einer Pandemie mitzuteilen, dass ich für die nächste Zeit nur noch in *einer* Klasse Vertreten würde. Natürlich rein aus Infektionsschutzgründen. Die damit verbundene Hoffnung, bis auf Weiteres etwas weniger arbeiten zu müssen erfüllte sich jedoch ganz und gar nicht. Das kommt davon, wenn man in seinen Plänen die heillose Überforderung und prinzipielle Anpassungsunfähigkeit deutscher Bildungseinrichtungen in ungewohnten Situationen außer Acht lässt. Ganz zu schweigen von der Bereitschaft überarbeiteter Lehrkräfte, diese schamlos auszunutzen.

Denn wird ein Kind positiv auf das Corona-Virus getestet, muss derzeit nicht nur es selbst, sondern auch die gesamte Schulklasse unverzüglich in Quarantäne verfrachtet werden. Zusammen mit allen Lehrerinnen und Lehrern, welche diese Klasse in den letzten sieben Tagen unterrichtet haben, versteht sich. Den restlichen zwei Lehrkräfte, die auf diese Weise nicht bereits bezahlten Sonderurlaub genießen, reicht bisweilen ein kurzer morgendlicher Anruf im Sekretariat, um sich mit einem kleinen Halskratzen abzumelden. Man muss ja auf Nummer sicher gehen.

"Ja?", brumme ich verpennt ins Telefon, wohl wissend, dass ich in Kürze wohl die Vertretungsstunden zwölf bis vierzehn in dieser Woche in der R5b bestreiten werde.

"Guten Morgen, Frau Schwerdt hier von der MGGS. Herr Keller, wo sind Sie denn? Die erste Stunde hat doch bereits vor zehn Minuten angefangen."

Ich brauche einen Moment, bis ich realisiere, dass die überfreundliche Sekretärin am anderen Ende der Leitung meinen fragenden Gesichtsausdruck nicht sehen kann.

"Ähm, wo sollte ich denn sein?"

"Na in der R5b, Sie vertreten doch heute die ersten beiden Stunden für Frau Berger."

Sofort durchzuckt mich der kleine Adrenalinstoß, der sich immer dann einstellt, wenn ich mal wieder etwas verbaselt habe. Schnell schaue ich in meine Mails. Nichts.

"Mir hat niemand Bescheid gegeben."

"Oh ja, dann ist das wohl irgendwie hier liegen geblieben. Ist ja doof. Schaffen Sie es in zehn Minuten? Oder fünfzehn? Achso, Herr Richtlein ist seit gestern übrigens auch in Quarantäne. Können Sie vielleicht zusätzlich noch die fünfte und sechste Stunde übernehmen. Die Klasse schreibt da einen Englisch-Test. Aber das bekommen Sie ja bestimmt hin, oder?"

"Was soll's", denke ich. Wach bin ich ja jetzt eh schon.

DER BRÜLLAFFE

"Es reicht!", brülle ich wie ein Irrer durch den Raum. "Wenn hier nicht gleich Ruhe ist, bekommt ihr *alle* einen Eintrag!"
Für einen Moment ist es still, bis sich Merve zu Wort meldet.
"Ist ihr Kopf immer so rot?"
Prustendes Gelächter. Am liebsten würde ich sie alle miteinander rauswerfen. Während meines erstaunlich ausgeglichenen Blickduells mit Merve suche ich nach möglichen Alternativen.
"Was hast du gesagt?", gebe ich ihr noch einmal die Chance, zurück zu rudern.
Doch auch Merve scheint zu begreifen, dass ich lediglich versuche Zeit zu schinden, bis mir der rettende Einfall kommt.
"Ob das normal ist?", wiederholt sie, als sei ich etwas schwer von Begriff. "Das mit ihrem Kopf. Mein Vater hat auch immer so einen roten Kopf, wenn er so rumschreit und der muss Tabletten nehmen. Wegen Bluthochdruck."
Dabei versucht sie nicht mal einen ernsthaft besorgten Gesichtsausdruck aufzusetzen. Grinsend

lässt sie sich von ihren kichernden Mitschülern für ihre Genialität feiern. Na, warte.

"Weißt du was? Für dich ist der Unterricht beendet, Merve. Raus!", verkünde ich lautstark.

Gleichgültig zuckt Merve mit den Schultern.

"Ist eh gleich Pause", erklärt sie und schlendert entspannt aus dem Klassenraum.

"Geil, früher Pause aller. Kann ich auch rausgeworfen werden, Herr, ähm, Dings?", schlägt Selim gekonnt den letzten Nagel in den Sarg meiner sogenannten Autorität.

Das wars. Ich kann nicht mehr. Entnervt erfülle ich Selim seinen Freiheitswunsch. Dann Ibrahim. Es folgen Sonia, Lara, Ferhat, Ridwan, Justin, Güzel, Esma und Navid. Als es kurz darauf zur Pause klingelt, sitze ich längst allein in der Klasse. Die Stirn auf dem Lehrerpult abgelegt.

Ich befinde mich mittlerweile im Sechsten von neun Fachsemestern meines Lehramtsstudiums. Ich kann wissenschaftlich sauber arbeiten, Inhalte didaktisch wunderbar aufbereiten und minutiös durchgetaktete Unterrichtsverlaufspläne erstellen. Aber niemand und wirklich *niemand* bereitet einen auf *so etwas* vor. Sollten diese Details nicht in den Zulassungsbeschränkungen stehen? Notenschnitt von gut oder besser, Englischkenntnisse auf B2-Niveau sowie ein persönliches Interesse an Selbstgeißelung und Folter? Außer natürlich man heißt Frau Franzke und sorgt allein durch die eigene Präsenz dafür, dass sich alle Anwesenden einnässen.

Im Dschungel heißt es eben "Fressen oder gefressen werden". Nur Raubkatzen überleben diese lebensfeindliche Umgebung. Zu dumm, dass ich mir eher vorkomme wie ein Brüllaffe. Die Schüler bemerken den Unterschied zwischen einer kampfbereiten, mit Klauen und Reißzähnen ausgestatteten 200 Kilogramm Bestie und einem etwas zu laut geratenen Möchtegern-Gorilla jedenfalls ganz genau. "Vielleicht soll es einfach nicht sein", denke ich. Nicht jeder hat das Zeug zum Lehrer. Vielleicht sollte ich einfach schreiben. Bei irgendeiner kleinen Lokalzeitschrift. Über Kreisliga-Fußball oder so. Darin wäre ich sicher gut. Und gibt es nicht auch Leute, die ihr Geld einfach nur damit verdienen, für andere Leute irgendwo anzustehen? Ich will ja nicht angeben, aber laut meiner Mutter habe ich mich schon mit sechs Monaten am Sofa hochgezogen. Erfahrung im Stehen habe ich also satt. Und Angst machen müsste ich auch dabei niemandem.

DIE MAGIERIN

Fragen Sie mich nicht, warum, in Ordnung? Doch
trotz der letzten Wochen, in denen sich jeder Ar-
beitstag so anfühlte, als seien erster April und
Freitag der Dreizehnte mal wieder auf denselben
Tag gefallen, habe ich mich dazu breitschlagen
lassen, zusätzlich zu meiner Tätigkeit als
Vertretungsclown auch noch in der Nachmittagsbetreuung der MGGS auszuhelfen. Und ja, das
bedeutet, dass ich jetzt auch meine Nachmittage
mit Alper, Merve, Mohammed und all den anderen Vorzeige-Querulanten verbringen darf.
Vielleicht habe ich ja doch eine etwas masochisti-
sche Ader.

Doch tatsächlich gleicht das Leben nach Ende der
sechsten Stunde, verglichen mit dem Vormittags-
Dschungel, eher einer gemütlichen Savanne zur
Mittagszeit. Vielleicht, weil die Klassen hier deutlich übersichtlicher sind. Vielleicht aber auch nur,
weil die wilden Tiere nach der kräftezehrenden
Jagd nun faul in der Sonne liegen und sich die
vollgefressenen Bäuche reiben. Trotzdem. Wirklich friedlich ist es noch lange nicht.

"Hör doch mal auf, du Spaßti!", schreit Vanessa.

"Oha ey, *Spaßti* darf man nicht mehr sagen", wendet Adam überraschenderweise berechtigt ein, während er weiterhin versucht, Vanessa ihren pinken *Kardashian – Fidget Spinner* abzunehmen.

"Na und? *Hurensohn* darf man auch nicht sagen und trotzdem bist du einer", platzt Vanessa endgültig der Kragen.

Adam braucht einen Moment, um das zu verarbeiten. Ähnlich wie ich.

"Was meine Mutter?!", brüllt er los und schleudert den Fidget-Spinner derart an die Wand, dass sich die Gesichter der Kardashian Familie in einem Sprühregen aus pinkem Plastik im gesamten Klassenraum verteilen. Ich gehe gerade rechtzeitig dazwischen, um weitere Opfer zu verhindern.

"Was hast du getan?!", kreischt Vanessa. "Der war mehr wert als dein Leben!"

"Was meine Mutter?!", wiederholt Adam immer wieder wie ein kaputter Plattenspieler.

Kurz bevor sich der kräftige Zwölfjährige aus meinem Griff herauswinden und Vanessa den Hals umdrehen kann, taucht Frau Lorandt auf. Leitende Sozialpädagogin der Betreuung und damit außerdem meine Chefin.

"Ogottogott", quietscht sie aufgeregt und nimmt die tränenüberströmte Vanessa für einen Augenblick mit vor die Tür. Dann holt sie den noch immer brodelnden Adam ebenfalls nach draußen, bevor sich die Tür kurz darauf wieder öffnet und beide Kinder tiefenentspannt zurück in den Klassenraum marschieren, als hätten sie nie vorgehabt, sich gegenseitig umzubringen.

Mit offenem Mund stehe ich da und beobachte die beiden dabei, wie sie zu ihren Plätzen marschieren und friedlich ihre Hausaufgaben erledigen. Ich suche den Schulhof nach Frau Lorandt ab. Sie ist verschwunden.

Als es klingelt, packen Vanessa und Adam ihre Sachen und stapfen gemeinsam los zum Bus.

"Also mein Papa hat neun Kinder, aber von vier verschiedenen Frauen", erklärt Vanessa unterwegs stolz ihrem neuen besten Freund.

"Weyo, bei deinem Vater läuft", kommentiert Adam ehrfürchtig.

Hat Frau Lorandt den beiden mit einem Besuch der Hells Angels gedroht? Ihnen ein besonders schnell wirkendes Beruhigungsmittel gespritzt? Oder sie einfach mit einer gewaltigen Kopfnuss zurück in den Werkszustand versetzt? Ich habe nicht die leiseste Ahnung. Dafür weiß ich *eines* ganz genau. Welch' dunkle Magie sich da draußen vor der Tür auch immer abgespielt hatte, ich musste sie erlernen.

DIE GEHEIME ZUTAT

Es dauert noch eine Zeit, bis ich mich traue Frau Lorandt auf die Situation vor der Tür anzusprechen. Bis dahin schleiche ich wie ein zweitklassiger Kaufhausdetektiv um sie herum, in der Hoffnung, sie auf frischer Tat zu erwischen. Allerdings fördern meine Ermittlungen weder Erkenntnisse über illegale Drogen noch Verbindungen zu zwielichtigen Rockergruppierungen zutage. Auch Hinweise auf Magie lassen sich nicht ausmachen. Sie scheint einfach nur mit den Kindern zu reden.

"Oh, da gibt es eine ganz tolle Methode in der Pädagogik, die sich *Gewaltfreie Kommunikation* nennt, die musst du mal ausprobieren, dann gelingt dir das bestimmt auch total gut", sprudelt sie los, während ich Mühe habe, ihr über den Pausenhof zu folgen. Bevor ich etwas antworten kann, schießt es erneut aus ihr heraus. Zwischen ihren Sätzen Luft zu holen, scheint für sie eher optional zu sein.

"Also erstmal geht es gar nicht so sehr ums Reden, sondern eher ums Zuhören. Die Schüler müssen selbst begreifen, was sie eigentlich fühlen und was das Gegenüber fühlt, und so entwickeln sie dann Verständnis und Empathie. Deshalb ist es ganz wichtig, ruhig mit ihnen zu sprechen und ihnen viel Raum zu geben, um sich selbst in einem bewertungsfreien Raum zu öffnen. *Ogottogott*, Sabrina, was ist denn los?", wendet sie sich liebevoll einer Fünftklässlerin zu, die aufgelöst vor ihrem Büro wartet. "Haben deine Eltern schon wieder vergessen, dich abzuholen?" Sabrina nickt. "Einen Moment, ich rufe gleich an, okay?", beruhigt sie das kleine Mädchen, bevor sie wieder auf mich einredet.

"Wo war ich? Ach genau, es ist wichtig, die Kinder ihre eigenen Gefühle spiegeln zu lassen, um Verständnis zu schaffen. Dabei geht es nie darum, wer schuld ist, sondern nur welche ihrer Bedürfnisse nicht erfüllt sind und wie man – *Oh*, Hallo Frau Nowak, die Sabrina würde gerne abgeholt werden. Gleich? Ja? Okay, danke, ich sage ihr Bescheid, bis dann, Tschüssi. – also welche Bedürfnisse erfüllt werden müssen, um ihnen zu helfen. Die Mama kommt gleich Sabrina, okay?" Sabrina nickt erneut, nun sichtlich entspannt. Frau Lorandt holt tief Luft. Ich nutze die Chance, um auch einmal etwas zu sagen.

"Also geht es gar nicht darum, ihnen Angst zu machen, damit sie einen respektieren?"

"Angst? Nein, wer erzählt denn *sowas*? Kinder merken, ob man sich um sie bemüht. Sie brauchen Zuwendung. Jemand, der ihnen wirklich helfen möchte. Weißt du, wie viele Eltern hier im Schnitt zu einem Elternabend kommen? Acht. In Klassen von über zwanzig Schülerinnen und Schülern. Wenn wir nicht an sie glauben, tut es oft gar niemand. Und wenn sie dich nicht respektieren, dann vermutlich deshalb, weil du sie nicht respektierst. Kinder sind Menschen, keine Probleme."

Dann marschiert sie los und schlichtet im Vorbeigehen einen Streit zwischen zwei sich herumschubsenden Bauchtaschenträgern, die sich gegenseitig der Homosexualität *bezichtigen*.

Zuwendung? Bedürfnisse? Respekt? Keine Begriffe, die ich mit den kleinen Monstern verbinde, welche mir das Leben zur Hölle machen. Nachdenklich bleibe ich noch einige Zeit vor ihrem Büro stehen und denke über die Schüler nach. Über ihre fehlenden Materialien, die regelwidrigen Ausflüge zum Supermarkt, ihre häufigen Gewaltausbrüche. Das Bild der stolzen Vanessa, die von ihrer Patchwork-Familie mit acht Halbgeschwistern berichtet. Und langsam dämmert mir, wo das eigentliche Problem dieser Kinder liegt.

DIE FUSSBALL-AG

Es ist zwar warm, aber wenigstens geht ein laues Lüftchen und ich sitze im Schatten. Ganz abgesehen davon, dass ich nicht mit fünfzehn beschäftigungslosen Betreuungskindern in einem viel zu lauten Klassenraum sitzen muss. Stattdessen bin ich der Schiedsrichter bei ihrer beinahe schon rituell zelebrierten Mini-WM. Einem Fußballspiel, bei dem alle auf dasselbe Tor schießen und im Zweifel derjenige ins Tor muss, der gerade ganz unten im klasseninternen Beliebtheitsranking steht.

Ich kann mich zwar nur noch wage an meine recht kurze Karriere als Bolzplatz-Kicker erinnern, Mädchen, welche mit dem Ball am Fuß gleichaltrige Jungs reihenweise wie Fahnenstangen stehenlassen, gab es bei uns jedoch eher weniger. Umso begeisterter sehe ich nun Selin dabei zu, wie sie mit wehendem Kopftuch ihre Klassenkameraden tunnelt, sie lachend ins Leere grätschen lässt und ein Tor nach dem anderen erzielt. Als ich sie nach der Betreuung frage, in welchem Verein sie spielt, erklärt sie mir, dass

"Fußball nichts für Mädchen ist". Zumindest sagt das ihr Vater. Sport macht sie eigentlich nur mit ihren Brüdern, wenn Papa bei der Arbeit ist. Oder eben in der Schule. Das sei zwar schade, aber "ist bei uns eben so".

Beseelt vom Geist der Gerechtigkeit schließe ich mich kurz darauf mit meinem Lieblingskollegen Marco zusammen, um die "MGGS Fußball-AG" ins Leben zu rufen. Für alle Geschlechter, für alle Religionen, für alle Nationalitäten, für alle Freizeit- und Leistungssportler. Für alle, die dienstags nach der Schule eben nichts Besseres zu tun haben. Wir träumen von siegreichen Schulturnieren und unentdeckten Talenten. Durchforsten das Internet nach Übungen und schauen Jürgen Klopp-Dokus. Schon bald freue ich mich darauf, dass es endlich losgeht und noch mehr darüber, dass auch Selins Name auf der Liste der angemeldeten Kinder zu finden ist. Doch je höher die Erwartungen, desto härter der Aufprall am Boden der Tatsachen.

"Können wir eine Trinkpause machen?", jammert der speckige Jason und schaut sehnsüchtig zu seiner Flasche Schwip-Schwap Spezi hinüber.

"Wir haben doch noch nicht mal richtig angefangen", erwidert Marco.

"Oh, super!", ruft Jason und geht Pause machen.

"Ich habe meine Sachen vergessen. Kann ich auch

in den Schuhen spielen?"

Wortlos betrachte ich die lila Crocs, die mir Lara unter die Nase hält.

"Haha! Du bist so schlecht!", brüllt Fabian, der ohne zu übertreiben der wohl schlechteste Fußballer aller Zeiten ist, und gibt Ersin einen Nackenklatscher.

"Vielleicht sollten wir sie doch nicht zu dem Turnier anmelden", schlägt Marco später mit einem argwöhnischen Seitenblick vor.

"Jup", gebe ich zurück. „Vielleicht sollten wir vorsorglich auch schonmal ein paar Kühlakkus besorgen."

Denn bereits ohne Fremdeinwirkung stolpern die ersten der Kinder über die eigenen Füße. Fabian und Ersin schießen sich fast synchron selbst einen Ball ins Gesicht. Es ist in der Tat ein Wunder, dass sich noch keins der Kinder schwerer verletzt hat. Getoppt wird die beispiellose Talentfreiheit dieses traurigen Haufens nur von deren Disziplinlosigkeit. Getreten wird in erster Linie nicht nach dem Ball und etwa die Hälfte aller Zweikämpfe finden neben anstatt auf dem Platz statt.

"*AG für Bewegungslegastheniker und Verhaltensgestörte* hätte es wohl eher getroffen", denke ich und seufze.

Selin kommt übrigens nicht. Sie darf nicht.

NACHWUCHS-POETEN

Ich komm' in mein schwarzen Lambo,
mit meinen Brüdern Mahmoud und Rambo,
rasiere dich, du Spaßt, ohne Shampoo,
und baller' Bitches weg mit mein Schwanz, yo!

Mahmoud und Ramazan sind begeistert. Der Rest der Klasse verabschiedet den sich selbst feiernden Yusuf mit spärlichen Klatsch-Lauten zurück auf seinen Platz.

"Ja, ähm, danke Yusuf, für deinen sehr originellen Rap", kommentiere ich das Geschehen und beschließe das Thema "Gedichte schreiben" zukünftig nicht mehr praktisch-schülerorientiert anzugehen. "Möchte sonst noch jemand unbedingt vortragen?"

Ein paar Sekunden lasse ich den Blick über die angestrengt auf den Boden starrenden Schüler schweifen. Als ich gerade Hoffnung schöpfe, mir keine weitere Achtklässler-Dichtkunst anhören zu müssen, geht Chantalle's Hand zaghaft nach oben. Ich seufze innerlich. Andererseits ist Chantalle sonst so still, dass ich mir für einen

Moment nicht sicher bin, ob ich sie jemals reden gehört habe.

"Ja, ich?", versichert sie sich, als ich ihr grünes Licht gebe, ihr Gedicht vorzutragen. "Aber es ist bestimmt falsch. Es ist echt nicht gut."

"Vermutlich", denke ich, ermutige sie jedoch trotzdem lächelnd dazu, sich zu trauen. Immerhin liegt die Latte nach Yusufs lyrischem Leckerbissen nicht allzu hoch.

Es ist Mitternacht, ich bin allein,
sitze hier im goldnen Schein,
der Sterne, wo wir einst tanzten, lachten,
all die schönen Dinge machten,
gemeinsam in den Himmel guckten,
Kirschkerne von der Veranda spuckten,
doch heute bist du nicht mehr da,
warst weg ehe ich mich versah,
höre mein Herz vor Schmerzen schrei'n,
um Mitternacht und bin allein.

"Ähm, Chantalle", fange ich die junge Nachwuchs-Poetin ab, als sie gerade in die Pause verschwinden will. "Schreibst du öfter solche Gedichte?"

"Nö eigentlich nicht, wieso?"

"Na ja, das war ziemlich gut. Also wirklich gut."

"Meinen Sie ehrlich? Voll nice von Ihnen, Herr Keller", bedankt sie sich und lächelt.

"Du solltest wirklich öfter Gedichte schreiben."

Ihr Lächeln verschwindet. "Meinen Sie als Hausaufgabe? Aber das ist voll ungerecht ey, die anderen haben auch nichts aufbekommen."

"Nein, nein", versuche ich sie zu beruhigen. "Einfach so."

"Sie meinen als Extra-Aufgabe? Für eine bessere Note?"

"Auch nicht. Ich meine einfach so in deiner Freizeit."

"Hä?" Nun scheint Chantalle völlig verwirrt. "Ich soll in meiner Freizeit Schulsachen machen? Warum?"

"Na ja, macht dir das Schreiben denn nicht Spaß?", frage ich nun selbst etwas verblüfft.

"Doch schon", gibt sie zurück und lächelt wieder.

"Na dann, ist deine freie Zeit doch gut genutzt, oder?"

"Sie meinen, ich soll Deutsch Sachen einfach so machen, ohne das es Hausaufgabe ist, weil es mir Spaß macht? So wie Netflix oder Insta?"

"Ganz genau", nicke ich zustimmend.

"Hmm", macht sie nachdenklich. "Das verstehe ich nicht. Ich muss jetzt aber echt in die Pause, Herr Keller. Ich muss noch Mathe bei Tatjana abschreiben." Dann dreht sie sich um und huscht aus der Tür.

MOBBING

"Na los, die Fotze schnappen wir uns!"
Selbst nach vier Jahren an der MGGS schockiert es mich noch immer ein wenig, dass Ausrufe wie diese tatsächlich dem Mund kleiner, süßer, vollkommen harmlos aussehender Fünftklässlerinnen entspringen können.
"Oh mein Gott aller, diese Bitch bringe ich um!"
Ich für meinen Teil hatte diese doch ziemlich fortgeschrittenen Beleidigungen als Elfjähriger noch nicht im Repertoire. Oder habe mich zumindest nicht getraut, sie laut auszusprechen.
"Ich ficke ihr Leben, vallah!", kreischt ein weiteres Mädchen hysterisch.
Ich muss zugeben, dass die heutigen Ereignisse selbst für die MGGS nicht normal sind. Die Idee eines schulinternen Sicherheitsdienstes hatte ich zwar spaßeshalber bereits mit einigen Kollegen diskutiert, jedoch hätten vermutlich selbst die muskulösesten Türsteher vor dieser Horde wild gewordener Teenagerinnen Reißaus genommen. "Eigentlich fehlen ihnen nur noch ein paar Fackeln und Mistgabeln", denke ich und schaue

dem Mob hinterher, der sich unaufhaltsam seinen Weg über den Schulhof bahnt. Direkt in Richtung Fünfertrakt. Wo sich Frau Lorandt sicherheitshalber bereits mit einem Mädchen namens Emma in einem der Klassenräume eingeschlossen hat. Selbst Magierinnen scheinen zu wissen, wann sie einem Konflikt lieber aus dem Weg gehen.

Warum das alles, fragen Sie sich?

Nun, offensichtlich scheinen pubertierende Mädchen nicht sonderlich gut darauf zu reagieren, wenn detaillierte Beschreibungen ihrer Geschlechtsteile nach dem Schwimmunterricht an die Öffentlichkeit geraten. Eine Tatsache, die der lieben Emma spätestens jetzt ebenfalls dämmern sollte. Dabei hatte der hübsche Fabio aus der R5c doch ganz fest versprochen, es niemandem weiterzusagen. Tja, Pech gehabt, Emma. Da vertraut man einmal dem Falschen und schon versucht ein wütender Lynchmob die Tür zu deinem Klassenraum einzutreten. Wie das eben so ist. Hier lernt man halt noch so richtig *für's Leben*.

Der Mob hat mittlerweile den besagten Klassenraum erreicht und versucht vergeblich die Tür einzutreten, während er lautstark Emmas Auslieferung fordert. Auch der Rest der sensationshungrigen Schülerschaft hat sich inzwischen in einem großen Halbkreis formiert und verfolgt das Geschehen gespannt. Selbst ein paar unbeteiligte Passanten halten spontan an und pressen sich staunend an den Schulzaun.

Durch ein kleines Fenster kann ich einen Blick in den Klassenraum werfen. Emma heult. Frau Lorandt hat einen Schrank vor die Tür geschoben und stemmt sich verzweifelt dagegen wie in einem Zombie-Film.

Zur Enttäuschung aller Anwesenden bleiben die Aushändigungsforderungen ohne Ergebnis, weshalb der Mob verstärkt dazu übergeht, Schmähgesänge zu skandieren. Das Publikum ist begeistert. Ein paar Lehrkräfte versuchen unbeholfen die Situation zu deeskalieren und mit den Mob-Anführerinnen ins Gespräch zu kommen. "Sinnlos", denke ich. Und behalte Recht. Es macht sie nur noch wütender.

Erst nach knapp zwanzig Minuten endet die Belagerung schließlich, als die Polizei mitsamt Blaulicht anrückt. Emma wird von drei bewaffneten Beamten ins Büro der Rektorin eskortiert. Die Wortführerinnen des Mobs werden einzeln zur Vertrauenslehrerin gebeten, um *über ihre Gefühle zu sprechen*. Emma kommt bis auf Weiteres nicht in die Schule. Aus Sicherheitsgründen.

H WIE HERZZERREIßEND

Es gibt Kinder, welchen man geradezu ansieht, dass es das Leben mehr als nur gut mit ihnen gemeint hat. Sie haben engelsgleiche Gesichter, ein wohlhabendes, bestens funktionierendes Elternhaus, verfügen bereits mit fünf über das Vokabular eines Germanistik-Professors und auch sonst triefen sie geradezu vor Potenzial. Und dann gibt es die Kinder, die nichts dergleichen vorzuweisen haben und obendrein auch noch gerade nicht zugegen waren, als der liebe Gott das Hirnschmalz verteilte. Kinder wie jene, die ich seit einiger Zeit in einer der Hauptschulklassen betreuen darf – der H6.

"Herr Keller, ein 180 Grad Winkel steht gar nicht auf dem Geodreieck."

"Herr Keller, was heißt nochmal *she*?"

Der Buchstabe H steht für gewöhnlich als Kürzel für den Hauptschulzweig. In diesem Fall steht er jedoch eindeutig für *herzzerreißend* oder *herzallerliebst*. Denn anders als viele andere Klassen ist dieser Haufen Kinder zumindest nicht *nur* damit beschäftigt, mich oder sich gegenseitig zu piesacken. Viel mehr scheinen sie fast schon interessiert an den Dingen, die ich ihnen beibringen möchte.

So wie zum Beispiel an dem Tag, als Dorian mich trotz deutlich sichtbarer Uhr im Klassenzimmer anbettelt, ihm zu verraten, wie spät es ist und ich anschließend vielen staunenden Gesichtern zeige, wie man eine Uhr liest. Eine, die nicht so aussieht wie die auf dem Handydisplay. Sondern rund ist. Mit Zeigern und so. Meine ersten beruflichen Erfolge als Geschichtslehrer hatte ich mir zwar anders vorgestellt, dennoch genieße ich nach diesem gemeinsamen Ausflug ins analoge Zeitalter so etwas wie den Respekt der Schüler. Mehr noch. Sie beginnen mich sogar ein wenig zu mögen.

Noch immer gehören Leckerbissen wie "Wozu soll ich das lernen? Ich werde eh Fortnite-Profi!" oder "Herr Keller, was ist ein *Rhein*?" zum Tagesgeschäft. Ich bemerke jedoch schon bald, dass viele der Kinder alles andere als auf den Kopf gefallen sind.

Da wäre zum Beispiel Caleb. Er ist zwölf und stammt aus Afrika. In Deutschland ist er erst seit drei Jahren. Trotzdem spricht er bereits besser Deutsch als die Hälfte seiner Klassenkameraden. Für den Realschulzweig reichen jedoch seine Mathe-Noten nicht. Warum? Er kann nicht dividieren. Nicht, weil er unter Dyskalkulie leidet oder das kleine Einmaleins nicht beherrscht. Sondern, weil er es durch seinen Umzug nach Deutschland schlicht nie gelernt hat.

Samira ist ein Jahr älter als die anderen. Sie kommt ständig zu spät, reagiert auf so ziemlich alles gereizt und kann sich kaum länger als 30 Sekunden am Stück konzentrieren. Als emotionaler Beistand für ihre Freundinnen ist sie dafür Spitzenklasse. Unter dem Strich stehen jedoch miserable schulische Leistungen und Verhaltensauffälligkeiten, welche seitenweise das Klassenbuch füllen. Was dort nicht steht, ist, dass sie jeden morgen um halb fünf aufsteht, um mit dem Bus zweieinhalb Stunden zur Schule zu fahren. Denn sie lebt derzeit bei ihrer Großmutter. Die Mutter ist alkoholkrank.

Penny kommt im Unterricht ebenfalls kaum mit. Sie verweigert oft die Mitarbeit und gerät daher immer wieder mit ihren Lehrern aneinander. Ihre Noten sind unterirdisch. Sie sitzt oft draußen vor der Klasse, wenn sie aus dem Unterricht geworfen wurde. Und malt dort unglaublich tolle Bilder. Penny war bereits mehrfach in psychoklinischer Behandlung aufgrund schwerer Depressionen. Mit zwölf.

Ich könnte mehr solcher Geschichten auflisten. Leider.

HOFFNUNGSLOSE FÄLLE

"Eine Zwei! Eine Zwei!", ruft der kleine Emre aufgeregt über den Pausenhof und rennt auf mich zu. "Herr Keller, gucken Sie mal."

Stolz hält er mir seinen zerknitterten Vokabeltest unter die Nase, den Frau Bering in einem Gnadenakt und zwei zugedrückten Augen mit "gut" bewertet hat. "Gott sei Dank", denke ich und atme tief durch. Ein Notenpunkt schlechter und Emre hätte sich vermutlich von seiner Versetzung verabschieden können.

"Glückwunsch, Emre, da hat sich das Lernen doch gelohnt, oder?"

"Und wie!", tanzt er noch immer begeistert um mich herum. "Ich glaube, ich werde jetzt immer lernen. Ich werde ein richtiger *Englisch-Profi*."

"Das hört sich nach einer sehr guten Idee an, Emre", erkläre ich lächelnd, schließe die Tür zum Betreuungsraum auf und lasse meine fünfte Klasse hineinströmen.

"Wie geht es Ihnen, Herr Keller?"

"Herr Keller, schauen Sie mal, was ich für Sie

gemalt habe."
"Schön, dass Sie da sind, Herr Keller!"

Ach ja, manchmal kann die Arbeit mit Kindern auch einfach schön sein. Zumindest für eine kurze Zeit. Ich bin nun seit etwas mehr als fünf Jahren an der MGGS und kann stolz behaupten, dass durchdrehende Schülermeuten unter meiner Leitung mittlerweile eher der Ausnahme als der Regel entsprechen. Vor allem, da ich der Nachmittagsbetreuung sei Dank viele der Schüler inzwischen ziemlich gut kenne. Beziehungsarbeit nennt man das in der Pädagogik. Eine gemeinsame Vertrauensebene schaffen und so. Etwas, das sich im Regelunterricht bei zum Teil mehr als 30 Schülern in einem Raum nur schwer realisieren lässt. Außer man sucht sich ein paar Lieblinge heraus und überlässt den Rest einfach sich selbst. So haben meine Lehrer das Problem früher zumindest gerne gelöst. Dabei waren diejenigen, welche schnell als *hoffnungslose Fälle* abgeschrieben wurden, meist einfach am bedürftigsten in puncto Förderung und Zuwendung.
Stattdessen werden teils unglaublich clevere Kinder aufgrund von Verhaltensauffälligkeiten in den Hauptschulzweig verfrachtet, wo sie bildungstechnisch ins Hintertreffen geraten und gleichzeitig auch noch Schülern mit

ausgewiesener Lernschwäche das ohnehin schon fragile Lernumfeld sprengen. Quasi eine *Lose-Lose-Situation*. Aber das haben sich die *hoffnungslosen Fälle* dann eben selbst zuzuschreiben, oder? Nein, so einfach ist es dann doch nicht.

Jedes Kind hat eine Geschichte. Schlechte Erfahrungen. Unsicherheiten und Ängste. Einen schwierigen oder gar keinen Freundeskreis. Ein zu wenig, oder vielleicht sogar zu sehr bemühtes Elternhaus. In meiner Zeit an der MGGS frage ich mich immer wieder: Wer wäre *ich*, wenn ich unter anderen Bedingungen aufgewachsen wäre? Wo wäre *ich* jetzt, wenn nie jemand an mich geglaubt hätte? Kinder sind eben Menschen, keine Probleme.

Und Lehrer? Es gibt zahlreiche Studien, die zeigen, dass auch Kinder aus schwierigen familiären Verhältnissen einen erfolgreichen Bildungsweg hinlegen können, solange es außerhalb der Familie eine Person gibt, der sie vertrauen und die an sie glaubt. Erzieher, Familienhelfer, Trainer im Sportverein oder eben Lehrer. Kinder brauchen Lehrkräfte, die ihnen zuhören, sie ernst nehmen und ihnen Vertrauen schenken. Sie brauchen Vorbilder. Menschen, die ihnen Angst machen oder ihnen die Tür vor der Nase zuknallen haben sie genug.

EIN LETZTER GRUß

Als sich meine Zeit als Vertretungslehrer dem Ende zuneigt, bin ich sehr dankbar für all die Dinge, die ich in den nun fast sechs Jahren gelernt habe. Der Grund für meinen Abschied hat dabei im Übrigen rein gar nichts mit den Menschen zu tun, mit denen ich zusammenarbeiten durfte. Weder groß noch klein. Es hat einfach nicht mehr so gepasst.

Nicht, dass sich die Begebenheiten an der Schule großartig verändert hätten. Noch immer lasse ich mir regelmäßig von meinen ehemaligen Kollegen mit unterhaltsamen Geschichten über Schutzgelderpressung in der 5. Klasse oder morgendlichen Bombendrohungen mitsamt polizeilichem Großeinsatz den Tag versüßen.

Viel mehr scheine *ich* mich einfach ein bisschen verändert zu haben. Die Welt ein wenig anders zu sehen. Eine Pandemie mitsamt persönlichen Schicksalsschlägen hinterlässt anscheinend wohl doch die ein oder andere Narbe.

Vielleicht ist es auch die Aussicht auf die Arbeit in einem veralteten System, das es immer weniger schafft, Kindern und Jugendlichen zu bieten, was sie brauchen. Unterstützung, Selbstvertrauen und Raum sich frei zu entwickeln. Stattdessen sollen die Schüler immer schneller, immer mehr Stoff in sich hineinfressen, um zukünftig am besten bereits mit zwölf *wirtschaftstauglich* zu sein. Dass dabei deren mentale Gesundheit und das Kind sein völlig auf der Strecke bleibt, ist ja wohl halb so wild, oder?

Die Scherben dürfen indes die vollkommen überforderten Lehrkräfte auflesen, die neben der Unterrichtsvorbereitung, -durchführung und Überwachung des Lernfortschritts auch noch als wohlwollende Erzieher, Motivations-Coaches, Berufsberater und Psychotherapeuten für dreißig Kinder gleichzeitig tätig sein dürfen. Und zwar pro Klasse.

"Aber dafür haben Lehrer doch so viele Ferien. Die jammern doch nur auf hohem Niveau."

Soll ich Ihnen verraten, womit die meisten Lehrer mittlerweile in den Sommerferien beschäftigt sind? Nein, nicht nur damit, das neue Schuljahr vorzubereiten. Sondern sich *arbeitslos* zu melden. Denn seit Verbeamtungen eher die Ausnahme als die Regel sind, laufen die Arbeitsverträge vieler Lehrkräfte nur noch von nach bis unmittelbar vor Beginn der Sommerferien. Ist das nicht toll?

Aber wer wird denn da jammern? Nur die Harten

kommen in den Garten. Deshalb werden die wenigen Planstellen auch nicht an Lehrkräfte verteilt, die sich, aus welchem Grund auch immer, jemals in psychologischer Behandlung befunden haben. Sie hatten nach dem Tod einer nahestehenden Person eine depressive Phase und waren deshalb in Therapie? Pech gehabt, Sie Verrückter! Sie setzen sich präventiv im Rahmen einer Therapie mit ihrer mentalen Gesundheit auseinander, weil sie später mal einen emotional anspruchsvollen Job machen werden? Pah, Schwäche! Verbeamtungen gibt es nur für Menschen, deren einziges Problem es ist, dass ihr Leben nicht hart genug ist!

Völlig unverständlich also, warum es einen eklatanten Lehrermangel gibt und aus meinem engeren Freundeskreis nur zwei von acht ausgebildeten Lehrern tatsächlich in der Schule gelandet sind.

Ich könnte mich vermutlich noch weitere sieben Bücher aufregen, aber *wozu*? Für mich ist es Zeit, nach Hause zu gehen.

Mach's gut lieber Dschungel, vielleicht sehen wir uns ja eines Tages wieder.

Benjamin Keller

Benjamin Keller ist Mitte zwanzig und studiert seit siebzehn Semestern auf Lehramt. Warum er sein Studium noch immer nicht abgeschlossen hat? Keine Ahnung, fragen Sie ihn doch. Vermutlich weil er ständig seine Fächerkombination wechselt, andauernd auf irgendwelchen Pausenhöfen oder Sportplätzen rumrennt und in seiner Freizeit immer wieder wahllos Wörter aneinanderreiht, in der Hoffnung, es könnte ein halbwegs passabler Text dabei herauskommen.

Am liebsten wäre er Fantasy-Autor, der in seiner Freizeit die großen Probleme unserer Zeit im Alleingang löst. Aber nur, falls das nicht zu anstrengend ist. Und selbstverständlich auch nur, wenn niemand etwas dagegen hat.

Über Rückmeldungen aller Art (vor allem natürlich positive) freut er sich im Übrigen ebenfalls. Mit ein bisschen Glück erreichen Sie ihn per Mail unter: benjaminkeller.books@gmail.com